Chronique des Indiens Guayaki

FichesdeLecture.com

Chronique des Indiens Guayaki
(Fiche de lecture)

I. INTRODUCTION

L'auteur

Pierre Clastres est né en 1934, il meurt accidentellement en 1977. Philosophe de formation, il s'est tourné vers l'anthropologie. Il situe son œuvre dans le sillage du « Discours de la servitude volontaire » d'Étienne de La Boétie.

Il devient à la fois anthropologue et ethnologue. Clastres est connu pour ses travaux d'anthropologie politique ainsi que son engagement antiautoritaire et sa monographie des indiens Guayaki du Paraguay. Il est par ailleurs resté à la marge des grands courants de pensée de son temps, tel que le structuralisme.

Il a été de nombreuses fois sur de terrain. Il passe l'année 1963 auprès des indiens Guayaki au Paraguay. Il se rend en 1965 chez les Guarani, puis il va deux fois chez les Chulupi en 1966 et en 1968. Il vit en 1970 une courte période chez les Yanomami avec son collègue Jacques Lizot. Enfin, il séjourne brièvement en 1974 chez les Guarani du Brésil.

En parallèle il devient chercheur au CNRS, et publie le recueil d'articles « La société contre l'État ». En 1975, il devient directeur d'études à la cinquième section de l'École Pratique des Hautes Études.

L'œuvre

L'auteur a écrit « Chronique des Indiens Guayaki » huit ans après son expérience de terrain. Le livre est publié en 1972 chez Plon. Clastres nous présente une tribu nomade, les Indiens du Paraguay qui se nomment eux-mêmes « Aché », les Personnes. Il est important de préciser que cette étude n'a pu se réaliser qu'à la suite de la sédentarisation forcée de ces Indiens. Les « Aché Gatu » le sont devenus en 1959 et « les iroïangi », étrangers en 1963.

II. RÉSUMÉ DE L'ŒUVRE

Pour se préparer, Pierre Clastres a commencé à apprendre la langue, cependant son arrivée à Arroyo Moroti ne se déroule pas comme il l'avait prévu. Le jour de son arrivée au campement correspond également à celui des derniers Aché nomades. Clastres rencontre alors ses premières difficultés : « en général, la capacité d'écoute des Indiens ne dépassait pas un quart d'heure ».

Il entreprend de constituer la généalogie et la parenté de cette société grâce aux informations des kybuchu, les enfants. L'auteur est considéré comme l'Étranger, à force de patience et de cadeaux comme des bonbons il se fait « accepté » et entretient une relation privilégiée avec le chef de la tribu, Jyvukugi.

À son arrivée, en 1963, la tribu compte une centaine d'individus. Les Guayaki, « Rats féroces » vivent sur un domaine ancestral, la forêt tropicale de l'est du Paraguay. Cet espace les a protégés des menaces extérieures comme l'apparition des Blancs, l'esclavage ou l'arrivée des maladies.

Contrairement à la plupart des tribus indiennes d'Amérique du Sud, les Guayaki sont des nomades chasseurs-collecteurs. Cette société est devenue nomade pour échapper aux blancs. Ils restent fidèles à leurs anciens rites.

La société regroupe plusieurs petites tribus autonomes : les Aché Gatu, qui vivent dans la forêt et les Aché « Étrangers », qui vivent dans les collines escarpées de l'Ywytyrusu. À l'origine ces tribus sont hostiles mais depuis qu'ils vivent ensemble, sous la protection et sur les terres du blanc paraguayen Arroyo Moroti, elles se sont alliées. Les Indiens considéraient que chaque tribu devait être constituée d'un nombre limité de familles pour maintenir la paix sociale.

Clastres tente de reconstituer la vie quotidienne de cette société. Pour cela il observe et rassemble plusieurs informations orales. Le récit débute par la description d'une naissance, l'accouchement se divise en deux temps. Le premier est le moment de l'accouchement en silence. Le second se concentre sur les personnes qui ont participé au rituel le jour suivant. L'objectif est d'assurer la sécurité du nouveau-né puis des adultes.

Le choix de l'auteur de commencer son œuvre par une naissance est très symbolique. Ensuite, il nous présente plusieurs apprentissages que doivent suivre les jeunes Aché. Puis il y a le rite du passage, de l'initiation, si le jeune Guayaki réussit il devient adulte puis chasseur. Il s'agit de plusieurs épreuves physiques.

L'auteur nous montre les rôles distincts qu'occupent la femme et l'homme. Seule la femme peut porter, elle s'occupe alors de la cueillette, tandis que l'homme est un chasseur. Il symbolise cette organisation en les nommant l'arc et le panier.

Enfin il aborde la mort, plus précisément, l'anthropophagie, les Guayaki mangent leur mort. Au début, l'auteur croit que leur cannibalisme s'explique par le fait qu'ils aiment la chair humaine. Mais c'est en réalité, un rituel, ils mangent leurs morts pour s'en libérer : le cannibalisme régit les rapports entre les vivants et les morts. Ne pas être cannibale, pour les Aché, « c'est se condamner à mort ».

Il explique aussi la vengeance rituelle, lorsqu'un chasseur meurt, les Indiens tuent un de ses enfants pour conserver un équilibre. Il s'agit souvent d'une fille puisque le garçon représente un futur chasseur. Pour les Guayaki, tout ce qui se passe dans la tribu interfère sur le cosmos. Clastres a d'ailleurs remarqué qu'il y a plus d'hommes que de femmes.

L'auteur a en quelque sorte rédigé la biographie d'un Aché, son récit débute par la naissance, il explique l'initiation, et se finit par la mort, celle-ci symbolise également la fin des Aché. En effet les Indiens ont perdu tout espoir et savent leur fin prochaine.

À travers cette culture en train de disparaître, l'auteur aborde un thème qui lui est cher, le pouvoir du chef. Il développe ainsi une réflexion et ce livre annonce son célèbre « La société contre l'État ».

Selon lui, le chef ne domine pas les autres, il est l'homme du discours dont la lourde tâche est de maintenir la paix sociale. Il ne joue d'aucun pouvoir coercitif, sa seule arme est la persuasion. Pour Clastres, c'est une « société assez libérale pour se passer d'anarchie ».

III. AXES DE LECTURE

Le travail d'ethnologue

À travers cette chronique ou recueil de faits, l'auteur nous présente son travail ethnographique. Ce récit est en effet une « observation rigoureuse, par imprégnation lente et continue de groupes humains minuscules avec lesquels nous entretenons un rapport personnel ». Clastres nous raconte d'ailleurs les difficultés qu'il a rencontrées lors de son enquête et de l'année passée auprès des Guayaki.

L'ethnologie ou anthropologie sociale et culturelle est une science humaine qui relève de l'anthropologie. Elle se concentre sur l'étude explicative et comparative de l'ensemble des caractères sociaux et culturels des groupes humains « les plus manifestes comme les moins avouées ». Elle s'appuie entre autres sur l'étude comparative des différentes sociétés et ethnies.

L'anthropologie du XIXe siècle est dominée par la collecte d'information concernant les populations extra-européennes. En outre l'ethnologie se distingue de la sociologie dans la mesure où elle privilégie non pas l'étude des phénomènes sociaux des pays industrialisés mais les communautés traditionnelles extra-européennes, qui ont longtemps été considérées comme des « cultures primitives ».

Pierre Clastres est un célèbre anthropologue français qui est cependant resté à la marge des grands courants de pensée de son époque tel que le structuralisme. Il a étudié des sociétés primitives, les Indiens d'Amérique du Sud et plus particulièrement les Indiens Guayaki, auprès desquels il a vécu une année.

En plus de son travail d'anthropologie, il rédige un récit sur cette société grâce à des informations orales et à ses propres observations. On peut donc dire qu'il leur créer une sorte de mémoire.

Il retrace l'histoire de la tribu et de cette société. Si les Aché sont devenus nomades c'est pour fuir l'invasion de l'homme blanc, ses maladies ou encore l'esclavage. Il énonce aussi les mythes, les croyances, les rites et les chants Guayaki. Il joue un rôle double car il est à la fois extérieur et à l'intérieur de la tribu. La première difficulté de son travail d'enquête est justement cette proximité avec l'objet de son étude.

Son œuvre a plusieurs sens, à la fois symbolique, scientifique, ethnologique puisqu'elle met en lumière une culture unique qui est en train de disparaître. En tant qu'ethnographe il recherche des informations, pose des questions, selon Clastres, il s'agit de « pactiser avec leur mort, briser leur résistance, attenter à leur liberté ». Il exécute un travail de mémoire pour cette société qui ne peut lutter contre sa perte.

À la fin de cette expérience l'auteur est transformé, pour Clastres les sociétés dites « primitives » ne sont pas des sociétés qui n'auraient pas encore découvert le pouvoir et l'État, mais au contraire des sociétés construites pour éviter que l'État n'apparaisse.

« La société contre l'État »

La thèse principale de Clastres est la suivante : les sociétés dites « primitives » ne sont pas des sociétés qui n'auraient pas encore découvert le pouvoir et l'État, mais au contraire des sociétés construites pour éviter que l'État n'apparaisse.

Cette Chronique aborde un thème cher à l'auteur, le pouvoir du chef. Ce récit annonce en effet « La société contre l'État » où Clastres développe sa théorie sur le pouvoir. Selon lui, les sociétés primitives n'ignorent pas l'État, elles sont contre l'émergence de ce dernier. En refusant l'État, ces sociétés s'opposent à un quelconque pouvoir de coercition.

Le chef ne domine pas les autres, il ne détient que du prestige et des devoirs à l'égard de la communauté : « L'espace de la chefferie n'est pas le lieu du pouvoir, et la figure (bien mal nommée) du chef ne préfigure en rien celle d'un futur despote ».

En outre, la société exerce un contrôle sur son chef, jamais il ne pourra développer l'idée d'instaurer la division et de transformer son prestige en pouvoir. Clastres nous montre que le pouvoir politique n'est pas nécessairement coercitif.

La seule arme dont il dispose pour maintenir la paix et l'harmonie c'est le discours et donc la persuasion. La société des Guayaki est en réalité extrêmement réglée via ses rites. Chacun obéit aux rites et aux mythes sans qu'il y ait un pouvoir coercitif pour les y contraindre.

Dans son œuvre la plus connue, « La société contre l'État », Clastres critique les notions évolutionnistes qui pensent que l'État organisé est la finalité de toute société. Pour lui l'apparition de l'État est liée à la notion de pouvoir coercitif.

Les sociétés représentent des structures faites d'un réseau de normes complexes qui empêcheraient l'émergence d'un pouvoir despotique et autoritaire. L'État est ainsi issu d'un pouvoir hiérarchique et légitime. Tandis que les chefferies amazoniennes sont maintenues dans l'ensemble du corps social qui est présent pour empêcher le chef de transformer son prestige en pouvoir et protéger l'autonomie des individus. Selon lui, la guerre entre tribus représente la volonté d'empêcher la fusion politique et les dérives liées à l'agrandissement de la taille d'une société.

Une réflexion sur l'organisation de nos sociétés

Ce récit et témoignage d'une société dite « primitive », renvoie le lecteur à sa propre société. Les sociétés actuelles sont basées sur la division, il y a d'un côté ceux qui ont le pouvoir et ceux qui subissent le pouvoir. Il y a donc une relation commandement/obéissance.

Les dominants se font respecter car ils jouissent d'un pouvoir coercitif. En effet si un individu enfreint une loi, il peut être condamné. Pour Clastres et contrairement à la pensée défendue à l'époque par certains ethnologues marxisants, « c'est l'émergence de l'État, à la fois fortuite et irréversible, et de son appareil coercitif de domination, qui a déterminé l'apparition de classes sociales, et non l'inverse ».

La Boétie fut le premier à remettre en cause l'État et la distinction dominants/dominés. Pour lui, la liberté est volontaire mais la servitude également. L'auteur reprend ces idées et pour lui, l'État est « autant la volonté de se soumettre des uns que celle de dominer des autres ». Il ajoute « L'homme est un être-pour-la-liberté et l'Innommable, c'est l'homme intégralement dénaturé et défiguré ».

L'auteur qui s'est opposé au marxisme, se revendiquait de l'anarchisme, « si des sociétés sont sans État, c'est qu'elles sont contre l'État ». Selon lui, l'anarchie constitue un système politique à part entière, c'est-à-dire achevé et cohérent. Cependant, le pouvoir s'y exerce « en sens inverse de celui de l'État ».

En effet c'est la société qui dispose du pouvoir sur un chef, ce dernier est à son service. Son rôle est alors peu enviable dans la mesure où il n'a que des devoirs et un peu de prestige. La société contrôle ce chef pour qu'il ne puisse pas créer un pouvoir séparé d'elle.

Notons que cette organisation ne signifie pas pour autant qu'elle refuse la règle. Cette dernière est en réalité le propre de la société. Elle est à la fois le produit et l'instrument de l'intérêt général, elle n'a pas besoin de recourir à un pouvoir coercitif.

Selon Maw Weber, « le monopole de la violence légitime c'est-à-dire l'État n'émerge que pour imposer une règle qui n'exprime pas l'intérêt général mais qui est l'instrument des dominants ».

À travers cette chronique, l'auteur se contente de transcrire ce qu'il a observé chez les Guayaki qui pourraient être les bases d'un projet anarchiste à construire. Les Guayaki se savent condamnés et attendent leur sort, ils sont résignés puisqu'ils ont conscience de ne pas avoir de place dans le Nouveau-Monde.

Dans la même collection en numérique

Escadrille 80

Inconnu à cette adresse

La controverse de Valladolid

Les Vilains petits canards

Une partie de campagne

Cahier d'un retour au pays natal

Dora Bruder

L'Enfant et la rivière

Moderato Cantabile

Alice au pays des merveilles

Le faucon déniché

Une vie

Chronique des Indiens Guayaki

Je voudrais que quelqu'un m'attende quelque part

La nuit de Valognes

Œdipe

Disparition Programmée

Education européenne

L'auberge rouge

L'Illiade

Le voyage de Monsieur Perrichon

Lucrèce Borgia

Paul et Virginie

Ursule Mirouët

Discours sur les fondements de l'inégalité

L'adversaire

La petite Fadette

La prochaine fois

Le blé en herbe

Le Mystère de la Chambre Jaune

Les Hauts des Hurlevent

Les perses

Mondo et autres histoires

Vingt mille lieues sous les mers

99 francs

Arria Marcella

Chante Luna

Emile, ou de l'éducation

Histoires extraordinaires

L'homme invisible

La bibliothécaire

La cicatrice

La croix des pauvres

La fille du capitaine

Le Crime de l'Orient-Express

Le Faucon malté

Le hussard sur le toit

Le Livre dont vous êtes la victime

Les cinq écus de Bretagne

No pasarán, le jeu

Quand j'avais cinq ans je m'ai tué

Si tu veux être mon amie

Tristan et Iseult

Une bouteille dans la mer de Gaza

Cent ans de solitude

Contes à l'envers

Contes et nouvelles en vers

Dalva

Jean de Florette

L'homme qui voulait être heureux

L'île mystérieuse

La Dame aux camélias

La petite sirène

La planète des singes

La Religieuse

À propos de la collection

La série FichesdeLecture.com offre des contenus éducatifs aux étudiants et aux professeurs tels que : des résumés, des analyses littéraires, des questionnaires et des commentaires sur la littérature moderne et classique. Nos documents sont prévus comme des compléments à la lecture des oeuvres originales et aide les étudiants à comprendre la littérature.

Fondé en 2001, notre site FichesdeLectures.com s'est développé très rapidement et propose désormais plus de 2500 documents directement téléchargeables en ligne, devenant ainsi le premier site d'analyses littéraires en ligne de langue française.

FichesdeLecture est partenaire du Ministère de l'Education du Luxembourg depuis 2009.

Plus d'informations sur www.fichesdelecture.com

Notes :